28 Janvier 1892

COLLECTION DE M. E. L. [Lessore] artiste peintre

DEUXIÈME VENTE

EAUX-FORTES

ORIGINALES

LITHOGRAPHIES

28 et 29 Janvier 1892

Me Maurice DELESTRE	M. L. DUMONT
COMMISSAIRE-PRISEUR	EXPERT, MARCHAND D'ESTAMPES
Rue Drouot, 27	*Rue Laffitte, 27*

PARIS — 1892

IMPRIMERIE MAULDE ET RENOU

A. MAULDE & Cie

IMPRIMEURS DE LA COMPAGNIE DES COMMISSAIRES-PRISEURS

Rue de Rivoli, 144. — Paris

Vente des 28 et 29 Janvier 1892

EAUX-FORTES ORIGINALES

Bonvin, Bracquemond, Corot, Daubigny, Desboutins
Fortuny, Gaillard, de Gravesande
SEYMOUR-HADEN, Ch. JACQUE, WHISTLER
Lalanne, Legros, Otto-Backer, Rousseau, etc.

ŒUVRES DE J. JACQUEMART — P. RAJON

LITHOGRAPHIES

Donington, Decamps, Delacroix, Gavarni, Mouilleron
MANET, RAFFET, WHISTLER

GRAVURES PAR ET D'APRÈS PRUD'HON

Provenant de la Collection de M. E. L.

DONT LA VENTE AUX ENCHÈRES PUBLIQUES AURA LIEU

HOTEL DES COMMISSAIRES-PRISEURS

RUE DROUOT, N° 9, SALLE N° 4

Les Jeudi 28 et Vendredi 29 Janvier 1892

A UNE HEURE ET DEMIE PRÉCISE

Par le ministère de Me **Maurice DELESTRE**, Commissaire-Priseur, rue Drouot, 27

Et de **M. L. DUMONT,** Marchand d'Estampes, rue Laffitte, 27.

PARIS — 1892

CONDITIONS DE LA VENTE

Elle sera faite au comptant.

Les Acquéreurs paieront CINQ POUR CENT en sus des enchères applicables aux frais.

M. DUMONT, chargé de la vente, se réserve la faculté de rassembler ou de diviser les lots.

L'ordre du Catalogue sera suivi.

ORDRE DES VACATIONS

PREMIÈRE VACATION. — **Jeudi 28 Janvier 1892**

N°s 1 à 234

DEUXIÈME VACATION. — **Vendredi 29 Janvier 1892**

N°s 235 à 261

MM. les Amateurs pourront visiter la Collection chez M. DUMONT, *rue Laffitte, 27, pendant les huit jours précédant la vente, de une heure à six heures du soir.*

M. DUMONT *se charge des commissions des Amateurs qui ne pourraient assister à la vente.*

DÉSIGNATION

EAUX-FORTES

LITHOGRAPHIES

APPIAN

1 — Cabanes de Pêcheurs. — Vieux Château à Collioure. — Monaco, etc.

Dix pièces, très belles épreuves d'artiste.

BALLIN

2 — Rouen. — Londres et la Tamise.

Douze pièces, très belles épreuves d'artiste sur Japon.

BARYE, BODMER

3 — Étude du Tigre. — Un Cerf et un Lynx. — Cerf à la reposée.

Trois pièces, très belles épreuves.

BONINGTON (R.-P.)

4 — Vue générale de l'Église et de l'Abbaye de Tournus. — Façade de l'Église de Brou. — Tombeau de Marguerite de Bourbon dans l'église de Brou. — Croix de Moulin-les-Planches. — Vue d'une rue des faubourgs de Besançon. (Catalogue A. Bouvenne, 2, 3, 4, 8, 9).

Cinq pièces, très belles épreuves sur Chine.

5 — Tour aux Archives à Vernon (A. B. 12).

Très belle épreuve sur Chine.

6 — Une Porte gothique du XVe siècle (Caen). — Frontispice, — *Lith. de Feillet.* (A. B. 15).

Très belle épreuve sur Chine.

7 — La Tour du marché de Bergues. — *Lith. de Feillet* (A. B. 16).

Très belle épreuve.

8 — Château d'Harcourt (Lillebonne). — *Lith. de Feillet* (A. B. 17).

Très belle épreuve.

9 — Maison grande rue Saint-Pierre (Caen). — *Lith. de Feillet* (A. B. 18).

Très belle épreuve.

10 — Vue prise de la Route de Calais (Abbeville). — *Lith. de Feillet* (A. B. 19).

Très belle épreuve sur Chine.

11 — Cathédrale Notre-Dame, à Rouen, telle qu'elle était avant l'incendie de 1822. — *Lith. de Feillet* (A. B. 20).

Très belle épreuve.

BONINGTON (R.-P.)

12 — Maison située rue Sainte-Véronique (Beauvais). — *Lith. de Feillet* (A. B. 21).

Très belle épreuve sur Chine.

13 — Église Saint-Sauveur (Caen). — *Lith. de Feillet* (A. B. 22).

Très belle épreuve sur Chine.

14 — Entrée de la Salle des Pas-Perdus du Palais de Justice (Rouen). — *Lith. de Feillet* (A. B. 23).

Très belle épreuve sur Chine.

15 — Fontaine de la Crosse (Rouen). — *Lith. de Feillet* (A. B. 24).

Très belle épreuve.

16 — Entrée de la Rade de Rio-Janeiro. — *Lith. Engelmann.* — Campos sur les bords du Rio das Velhas. — *Lith. de Fourquemin* (A. B. 25 et 26). — Vues d'Edimbourg.

Cinq pièces, très belles épreuves.

17 — Le Repos. — La Prière. — La Conversation. — Le Silence favorable. - Les Plaisirs paternels. — Le Retour. — *Lith. de Lenglumé* (A. B. 28 à 33).

Dix pièces, très belles épreuves.

18 — Porte latérale à gauche de l'Église de Saint-Wulfran (Abbeville). — *Lith. de Feillet* (A. B. 34).

Très belle épreuve sur Chine. Très rare.

19 — Maison, grande rue Saint-Pierre (Caen). — Maison située rue Sainte-Véroniqne (Beauvais). — Fontaine de la Crosse (Rouen), etc.

Six pièces, très belles épreuves.

BONINGTON (Par et d'après)

20 — Vue du Calton-hill. — Vue de la Chapelle Saint-Antoine, à Edimbourg. — Portrait, etc.

Quatre pièces, très belles épreuves sur Chine.

BONNAT

21 — L. Cogniet.

Très belle épreuve d'artiste.

BONVIN (F.)

22 — Enfant mangeant sa soupe. — Enfant assis.

Deux pièces, très belles épreuves d'état avant les travaux dans les fonds.

23 — La Fileuse. — La Tisserande. — Le Graveur à l'eau-forte. — Titre.

Quatre pièces, très belles épreuves d'artiste sur papier ancien.

24 — Le Joueur de guitare. — Le Pifferaro. — Bords de la Rance. — Sortie de Cave.

Quatre pièces dont trois en épreuves d'artiste.

BOULANGER (L.)

25 — Attaque du Tigre. — Paganini en prison.

Deux pièces, très belles épreuves d'artiste.

BRACQUEMOND

26 — Le haut d'un battant de porte (Cat. Beraldi, 110).

Très belle épreuve avec le titre et l'adresse de Delâtre à la pointe, ainsi que la date 1852, sur papier vergé appliqué comme Chine.

27 — La même Estampe.

Belle épreuve.

BRACQUEMOND

28 — Étude de Paysage (B. 210).

Très belle épreuve d'artiste.

29 — La Nuée d'Orage (B. 219).

Très belle épreuve du 5e état sur Japon.

30 — Ébats de Canards (221).

Très belle épreuve du 3e état.

31 — Le Repos, d'après STEVENS (B. 256).

Très belle épreuve d'artiste.

32 — Le Lac, d'après COROT (B. 287).

Très belle épreuve d'artiste sur Chine.

BROWNE (H.)

33 — La Confession, d'après BIDA.

Très belle épreuve d'artiste sur Chine.

CALAHAN

34 — Marine.

Très belle épreuve sur Japon. Signée.

CASANOVA

35 — Le Sourd. — Le Siffleur. — Taquinerie, etc.

Cinq pièces, très belles épreuves d'artiste sur Japon.

CHAPLIN

36 — Fileuse et son Enfant. — La Pêche. — Le Cochon, d'après DECAMPS. — Intérieur breton, d'après LELEUX, etc.

Douze pièces, très belles épreuves, dont huit d'artiste.

CHAUVEL, VUILLEFROY, etc.

37 — A Samois, près Valvins. — Environs de Rouen. — Sortie de l'Étable. — La Mare, etc.

Six pièces, très belles épreuves d'artiste.

CHIFFLART

38 — Une Distribution de récompenses. — Salvator Rosa chez les Brigands. — Frontispices, etc.

Dix pièces, belles épreuves d'artiste.

BENJAMIN-CONSTANT

39 — Un Pouilleux. — La Soif au désert. — En vue de Tanger.

Trois pièces, très belles épreuves sur Japon et sur Chine.

BENJAMIN-CONSTANT, CAR. DURAN, etc.

40 — Prisonnier marocain. — M. X.... — Lion, etc.

Six pièces, très belles épreuves d'artiste.

COROT

41 — L'Étang de Ville-d'Avray (Cat. Beraldi 3).

Très belle épreuve d'artiste sur Japon.

42 — Souvenirs d'Italie (B. 5.)

Deux pièces, belles épreuves.

43 — Environs de Rome (B. 6).

Très belle épreuve d'artiste sur Japon.

44 — Campagne boisée (B. 8).

Très belle épreuve d'artiste. Rare.

CORTAZZO

45 — Sérénade. — Au Balcon.

Deux pièces, très belles épreuves d'artiste.

COURBET (G.)

46 — L'Apôtre Jean Journet.

Très belle épreuve.

COURBET (D'après)

47 — La Remise de Chevreuils. — Retour de la foire. — Paysages. — Lithographies par VERNIER.

Quatre pièces, très belles épreuves d'artiste sur Chine.

DAUBIGNY

48 — Les Petits Cavaliers (Cat. F. Henriet 42).

Superbe épreuve du 1er état sur papier verdâtre.

49 — Intérieur de la partie élevée de la Forêt de Montmorency (45).

Très belle épreuve.

50 — Le Lever du soleil. — Les Chevaux de halage. — Les Bords du Cousin. — L'Ane à l'abreuvoir. — Les petits Oiseaux. — L'Automne. — Le Satyre. — Le Bac. — Les Charrettes de roulage. — Les Ruines du Château de Crémieux. — Les Cerfs au bord de l'eau. — Le Bac de Bezons. — Les Cerfs sous bois. — Les Vaches au marais. — Le Marais aux Cigognes. — L'Ondée. — La Plage de Villerville. — Le Guet du Chien. — Le Chant du Coq. — Poule et ses Poussins.

Vingt pièces, plus un titre et une couverture, très belles épreuves d'artiste.

DAUBIGNY

51 — Les Vaches au Marais. — Le Chant du Coq. — Cochon dans un verger.

Trois pièces, très belles épreuves, dont deux sur Chine et une épreuve d'artiste.

52 — Le Coup de Soleil, d'après Ruisdael (79).

Très belle épreuve d'artiste.

53 -- Le Buissson, d'après Ruisdael (73).

Très belle épreuve.

54 — L'Ondée (78).

Très belle épreuve d'artiste sur Chine.

55 — Les Vendanges (107).

Très belle épreuve d'artiste.

56 — Voyage en bateau, suite de quinze pièces avec le titre ; Notice de M. Henriet (90 à 105).

Superbes épreuves du 1er tirage sur Chine.

57 — Le Verger (111).

Très belle épreuve d'artiste.

58 — Le Gué. — Parc à moutons le matin. — Les Vendanges.

Trois pièces, très belles épreuves.

59 — Le Pré des Graves, à Villerville.

Très belle épreuve d'artiste.

60 — Clair de lune à Valmondois.

Deux pièces, très belles épreuves d'artiste, dont une sur Chine.

61 — La Seine à Port-Maurin.

Très belle épreuve d'artiste.

DAUBIGNY

62 — L'Approche de l'orage. — Temps d'orage. — Un Ruisseau à Valmondois, etc.

Cinq pièces, belles épreuves.

63 — Pommiers à Auvers. — Clair de lune à Valmondois. — La Seine à Port-Maurin.

Trois pièces, belles épreuves.

DAUMIER (H.)

64 — Le Ventre Législatif.

Très belle épreuve.

65 — Ne vous y frottez pas.

Très belle épreuve sur Chine, grandes marges.

66 — Très humbles et très dévoués Gardes Nationaux. — La Tentation du Nouveau Saint Antoine. — Quelle sale représentation, etc.

Onze pièces, très belles épreuves.

67 — Robert Macaire. — Actualités.

Onze pièces, belles épreuves coloriées.

68 — L'Histoire ancienne, 2e série.

Un volume cartonné, épreuves en noir, plus dix pièces en couleur, belles épreuves.

DAWSON

69 — A Venise.

Très belle épreuve sur Japon. Signée.

DECAMPS

70 — Bataille des Cimbres (Cat. A. Moreau).

Très belle épreuve d'artiste sur Chine.

DECAMPS

71 — Village de Turquie (19).

Très belle épreuve d'artiste sur Chine.

72 — Suite de Croquis, numérotés de 1 à 12 (manque le n° 4).

Très belles épreuves sur Chine.

73 — Six feuilles de Croquis (série complète).

Très belles épreuves.

74 — Corps de garde turc, 2 ép. — École en Turquie.

Trois pièces, très belles épreuves.

75 — Le Chenil. — Chasse en plaine. — Retour de Chasse. — Chasse au Loup. — Patrouille à Smyrne. — Caricatures. — Feuilles de croquis, etc.

Trente-six pièces, très belles épreuves.

DECAMPS (D'après)

76 — Les Joueurs de palet. — Chiens de chasse. — Sancho Pança, etc.

Huit pièces, très belles épreuves dont six d'artiste.

DEGAS

77 — Répétition du ballet.

Très belle épreuve d'artiste.

DELACROIX (E.)

78 — Tigre couché (Cat. A. Moreau 9).

Très belle épreuve d'artiste sur papier ancien.

79 — Le Christ au roseau (13).

Très belle épreuve.

DELACROIX (E.)

80 — Tigre couché dans le désert (16).

Superbe épreuve du 1er état, avant toutes lettres et avant la signature de Delacroix, la marge couverte d'essais de vernis mou.

81 — La même Estampe.

Très belle épreuve avec la signature sur Chine teinté.

82 — La même Estampe.

Très belle épreuve, avec la signature et les mots Imp. Delâtre.

83 — Lionne déchirant la poitrine d'un Arabe (M. 17).

Très belle épreuve du 1er état.

84 — Feuilles de Médailles antiques (30 à 34).

Cinq pièces, belles épreuves de premier tirage.

85 — Nègre à cheval.

Très belle épreuve d'artiste.

86 — Cheval effrayé sortant de l'eau (39).

Très belle épreuve d'artiste.

87 — Hamlet. — Jane Shore (40-41).

Deux pièces en largeur, très belles épreuves sur Chine.

88 — Muletiers de Tétouan (51). — Femmes d'Alger (52).

Deux pièces, belles épreuves.

89 — Lion dévorant un cheval (56).

Très belle épreuve sur Chine.

90 — Faust.

Quinze pièces, très belles épreuves.

91 — Hamlet. — *Lith. Villain.*

Onze pièces, très belles épreuves.

DELACROIX (E.)

92 — Muletiers de Tetouan (51). — Hamlet : Ce crâne Seigneur. — La Consultation. — Tête d'Homme.

Quatre pièces, belles épreuves.

93 — Nobles Vénitiens.

Très belle épreuve d'artiste. Rare,

94 — Fac-simile de Dessins et Croquis originaux, par Alfred Robaut. (1re série, 1864.)

Très bel exemplaire cartonné.

DELACROIX (D'après)

95 — Noce Juive dans le Maroc, par Chaplin.

Très belle épreuve d'artiste sur Chine.

96 — Le Cardinal de Richelieu disant la messe, par Jourdy. — Odalisque, par Debacq. — Croquis, etc.

Huit pièces, belles épreuves.

DELAROCHE (D'après)

97 — Mademoiselle Sontag, par Girard.

Très belle épreuve.

DESBOUTINS (M.)

98 — Le Repos (Cat. Beraldi, 8).

Très belle épreuve d'artiste avant le monogramme.

99 — La Sortie de Bébé (9).

Très belle épreuve d'artiste, avant le monogramme.

100 — La même Estampe.

Très belle épreuve d'artiste.

DESBOUTINS (M.)

101 — Le Docteur Collin (13).

Très belle épreuve d'artiste, avant le monogramme.

102 — Duchesse Colonna (14).

Très belle épreuve d'artiste, avant le monogramme.

103 — Le Comte Lepic (20).

Très belle épreuve d'artiste, avant le monogramme.

104 — Mme Th. Ritter (24).

Très belle épreuve d'artiste.

105 — Soldi (26).

Très belle épreuve d'artiste, avant le monogramme.

106 — Le Fils de Ludovic Halévy (50).

Très belle épreuve d'artiste, avant le monogramme.

107 — Legendre (61).

Très belle épreuve d'artiste, avant le monogramme. Signée.

108 — Marthelot (66).

Très belle épreuve d'artiste, avant le monogramme.

109 — Henri Rochefort (69).

Très belle épreuve d'artiste.

110 — Me Bigot (77).

Deux pièces, très belles épreuves d'artiste, dont une d'état.

111 — M. Rouart (25). — Degas (85).

Deux pièces, très belles épreuves d'artiste, avant le monogramme, sur Japon.

112 — Baudelaire (121). — Dumas fils (126). — Ern. Feydeau (128). — Monselet (131), etc.

Six pièces, très belles épreuves d'artiste, avant le monogramme.

DESBOUTINS (M.)

113 — Dailly, rôle de Mes Bottes dans l'*Assommoir* (B. 16). — Barbier (122). — Claparède.

Trois pièces, très belles épreuves.

114 — Mlle Mou-Mou (154).

Très belle épreuve d'artiste sur Japon.

115 — La même Estampe.

Très belle épreuve d'artiste.

DETAILLE

116 — Vedette de Cuirassier.

Très belle épreuve d'artiste sur Japon.

DETAILLE, DUPRAY

117 — Uhlan. — L'École des Tambours. — En Reconnaissance. — Affaire de Châtillon.

Quatre pièces, très belles épreuves d'artiste.

DEVÉRIA, JOHANNOT, etc.

118 — Portraits. — C. Roqueplan. — Jasmin. — Le Mot. — Paganini, etc.

Huit pièces, très belles épreuves.

DIAZ

119 — Les Larmes du Veuvage, lith. originale.

Très belle épreuve d'artiste.

DUEZ

120 — Portrait de Femme.

Très belle épreuve d'artiste sur Japon.

EATON

121 — Le Pêcheur.

Très belle épreuve de remarque sur Japon. Signée.

122 — Le Pêcheur. — L'Abreuvoir.

Deux pièces, très belles épreuves d'artiste sur Japon dont une de remarque. Signée.

FEYEN-PERRIN

123 — Les Filles du pêcheur. — Episodes des premières guerres. — La Ronde. — Vendangeuses, etc.

Huit pièces, très belles épreuves d'artiste.

FEYEN-PERRIN, C. DE COCK, CHARNAY

124 — Jeune Fille. — La Chevelure. — Paysages, etc.

Quatre pièces, très belles épreuves d'artiste.

FORAIN

125 — Aux Folies-Bergères. — Le Bouquet. — Scènes parisiennes, etc.

Huit pièces, très belles épreuves d'artiste.

FORTUNY

126 — Arabe veillant le corps de son ami (Cat. Beraldi 1).

Très belle épreuve.

127 — Kabyle mort (2).

Très belle épreuve.

128 — La Victoire (3).

Très belle épreuve.

129 — La même Estampe.

Très belle épreuve.

FORTUNY

130 — Idylle (4).

Très belle épreuve.

131 — Famille marocaine (9).

Très belle épreuve.

132 — Sérénade (10).

Très belle épreuve.

133 — Mendiant (8). — Marocain assis (19). — Un Pouilleux (13). — Étude.

Quatre pièces, très belles épreuves.

134 — Maréchal-Ferrant au Maroc (22).

Très belle épreuve.

135 — Tanger (17). — Une rue de Séville (14). — Cheval du Maroc (20).

Trois pièces, belles épreuves.

136 — Diplomate (24).

Très belle épreuve avec les salissures dans les marges.

137 — Muletier (15). — Maître de Cérémonies (28).

Deux pièces, belles épreuves.

138 — Deux Cardinaux (18). — Croquis.

Trois pièces, belles épreuves.

139 — Zamacoïs (25).

Très belle épreuve.

140 — Église Saint-Joseph à Madrid.

Très belle épreuve.

FRANÇAIS

141 — Effet de matin. — Lisière de forêt. — Après la pluie, d'après Rousseau. — Le Gué. — Soleil couchant. — Démocrite, etc.

Douze pièces, très belles épreuves, dont quatre en épreuves d'artiste.

GAILLARD

142 — Jean Bellin (Cat. Beraldi 8).

Très belle épreuve d'artiste signée à la pointe.

143 — La Vierge au donateur, d'après J. Bellin (16).

Très belle épreuve d'artiste avec les noms à la pointe.

144 — Œdype, d'après Ingres (24).

Très belle épreuve d'artiste avec les noms à la pointe.

145 — Le comte de Chambord (30).

Très belle épreuve sur Chine.

146 — Pie IX (31).

Très belle épreuve sur Chine.

147 — Le Crépuscule, d'après Michel-Ange (32).

Très belle épreuve d'artiste avec les noms à la pointe.

148 — La même Estampe.

Très belle épreuve d'artiste.

149 — Saint Georges, d'après Raphael (45).

Très belle épreuve d'artiste avant la signature.

150 — Monseigneur Pie, Gattamelata. — Le Condottière.

Trois pièces, belles épreuves.

151 — La Vierge au Donateur. — La Vierge, d'après Jean Bellin.

Deux pièces, belles épreuves.

GAVARNI

152 — Son portrait, par Lafosse.

Très belle épreuve d'artiste sur Chine.

153 — Decamps. — Isabey. — Debelleyme. — F. Sauvage.

Quatre pièces, très belles épreuves du 1er état sur Chine.

GAVARNI

154 — Giboyeux, vous ne vous méfiez pas assez de l'Angleterre (1335), 1er état. — Boîte aux lettres, je soussigné, roi des Batignolles (1694), 1er état. — Balayeur (2073), 1er état. — Il lui sera beaucoup pardonné (1670).

Quatre pièces, très belles épreuves sur Chine.

155 — Titres de romances, 1er dizain de Mme Jeanne Gavarni, dans la couverture de publication.

156 — **Morceaux de Musique.** L'Albanaise (91), 2 ép., dont une du 1er état. — La Cloche (101). — La Jalousie (207), 1er état.

Quatre pièces, très belles épreuves.

157 — **Morceaux de Musique.** Amour à toi (92) 1er état. — La Feuille et le Serment (107), avant la lettre. — Fleurs d'Orient (108), 2 ép. dont une du 1er état. — Julie (110). — Mais pourquoi (113). — Blanche Colombe (142). — Les Farfadets (143). — La Prière (144). — Elle est morte (145), 2 ép., 1er et 2e état. — Petit Juge (147), 1er état. — Sérénade Espagnole. — Notre-Dame de Tudèle.

Quatorze pièces, très belles épreuves, dont douze sur Chine.

158 — Rêverie (174). — Projets de bonheur (223). — Avenir et Souvenir (224). — Le Commentaire (220). — Titres de musique. — Masques et Visages. — Les Femmes artistes, etc.

Vingt et une pièces, très belles épreuves.

159 — Fleur perdue. — Le Déjeuner. — Consultation. — Toilette de campagne. — La Croix de Jésus, etc.

Sept pièces, très belles épreuves.

GAVARNI

160 — Les Gens du Monde. — Journal La France. — Costumes, etc.

Dix-sept pièces, très belles épreuves.

161 — Les Coulisses. — La Boîte aux lettres, etc.

Vingt-six pièces, belles épreuves coloriées.

GÉRICAULT

162 — Shipwreck of the Méduse (C. Clément 24).

Croquis au trait distribué au public lors de l'Exposition à Londres du tableau de Géricault.

163 — Lion dévorant un cheval (44).

Très belle épreuve d'artiste.

164 — Cheval espagnol. — Jument égyptienne. — Études de chevaux, etc.

Huit pièces, belles épreuves.

165 — Études de chevaux d'après nature, suite de douze pièces.

Belles épreuves, dont dix sur Chine.

166 — Titre pour Études de chevaux (suite anglaise). — Lara, etc.

Douze pièces, belles épreuves.

GIGOUX

167 — Barye. — E. Delacroix. — Tony et Alfred Johannot. — Victor Hugo.

Quatre pièces, très belles épreuves.

GŒNEUTTE (N.)

168 — Jeune Femme regardant Paris des hauteurs de Montmartre.

Très belle épreuve d'artiste, signée, sur Japon.

GONZALÈS

160 — Le Concert. — Aux Écoutes. — L'Audition. — La Sérénade.

Quatre pièces, très belles épreuves d'artiste.

GOYA

170 — Don Gaspar de Guzman, portrait équestre, d'après VELASQUEZ (Cat. P. Lefort 235).

Très belle épreuve d'artiste.

171 — L'Aveugle enlevé par les cornes d'un taureau (247). — Un Prisonnier. — Aveugle chantant.

Trois pièces, belles épreuves d'artiste.

GRAVESANDE (STORM DE)

172 — L'Orage.

Très belle épreuve d'artiste. Signée.

173 — Le Strand de Katwyck.

Très belle épreuve d'artiste sur Japon. Signée.

174 — Moulins.

Très belle épreuve d'artiste. Signée.

175 — Bords de rivière en Hollande.

Très belle épreuve d'artiste. Signée.

176 — Cour de Ferme.

Très belle épreuve d'artiste. Signée.

177 — Le grand Canal à Venise.

Très belle épreuve d'artiste. Signée.

178 — Moulins, près Dordrecht.

Très belle épreuve d'artiste. Signée.

GRAVESANDE (Storm de)

179 — Le Zuiderzée.

Superbe épreuve d'artiste. Signée.

180 — Amsterdam pier.

Très belle épreuve d'artiste. Signée.

181 — The Herving fleet.

Superbe épreuve d'artiste. Signée.

182 — Planche de Croquis, esquisses sur la Hollande.

Superbe épreuve d'artiste. Signée.

GOWANS

183 — Paysages.

Trois pièces, très belles épreuves d'artiste sur Japon.

GROS

184 — Chef de Mamelucks. Arabe du désert.

Deux pièces, très belles épreuves dont une d'artiste.

HADEN (Seymour)

185 — Habitation de Lord Harrington dans les jardins de Kensington (Cat. Beraldi 12).

Très belle épreuve d'artiste sur Japon.

186 — Entrée du Château de Mytton (Mytton Hall) (13).

Très belle épreuve d'artiste sur Japon. Signée.

187 — Egham sur la Tamise (14).

Très belle épreuve d'artiste.

188 — L'Écluse d'Egham (15).

Très belle épreuve d'artiste sur Japon.

189 — Vue prise d'une Fenêtre de la maison de l'Artiste (17).

Très belle épreuve d'artiste. Signée.

HADEN (Seymour)

190 — Fulham sur la Tamise (18).

Très belle épreuve d'artiste. Signée.

191 — Vue à Richmond, effet du matin (Early Morning, Richmond) (21).

Très belle épreuve d'artiste.

192 — Kidwelly (22).

Très belle épreuve d'artiste. Signée.

193 — Château de Kidwelly (23).

Très belle épreuve d'artiste.

194 — L'Étang au Canard (Shere Mill' pond) (35).

Très belle épreuve sur parchemin. Signée. Encadrée.

195 — Vue d'Amsterdam (37).

Très belle épreuve d'artiste. Signée.

196 — La Tamise à Battersea (Old Chelsea, out of Whistler's window) (45).

Très belle épreuve du 1er état sur papier ancien.

197 — La même Estampe (45).

Très belle épreuve du 2e état sur Japon. Signée.

198 — La même Estampe (45).

Très belle épreuve du 3e état sur Japon. Signée.

199 — Maison de Whistler au vieux Chelsea (Whistler house old Chelsea) (47).

Très belle épreuve, avec l'étoile. Signée.

200 — Thomas Haden (51).

Très belle épreuve d'artiste.

201 — La Tewy à Newcastle in Emlyn (Newcastle in Emlyn) (55).

Très belle épreuve d'artiste. Signée.

HADEN (Seymour)

202 — La Maison du Charron (56).
Très belle épreuve d'artiste. Signée.

203 — L'Abreuvoir à Kenarth (57).
Très belle épreuve d'artiste. Signée.

204 — Château de Kilgaren (58).
Très belle épreuve d'artiste. Signée.

205 — Lever de Soleil à Cardigan (60).
Très belle épreuve d'artiste. Signée.

206 — Thames Ditton avec un Bateau (64).
Très belle épreuve d'artiste sur Japon.

207 — Les Travaux du Chemin de fer à Brentford (65).
Très belle épreuve d'artiste.

208 — Le Bac de Brentford (66).
Très belle épreuve d'artiste. Signée.

209 — La Promenade au bord de l'eau (Towing Path) (67).
Très belle épreuve d'artiste. Signée.

210 — Shepperton (71).
Très belle épreuve d'artiste. Signée.

211 — Kew sur la Tamise (73).
Très belle épreuve d'artiste sur Japon. Signée.

212 — Coucher de Soleil sur la Tamise (Sunset on the Thames) (83).
Très belle épreuve d'artiste. Signée.

213 — Les Mains qui gravent (84).
Très belle épreuve d'artiste.

214 — La Jetée de Calais (87).
Très belle épreuve d'artiste sur Chine.

HADEN (SEYMOUR)

215 — Les Marais d'Erith (Erith marshes)(102).
Très belle épreuve d'artiste. Signée.

216 — Vieille Maison à Sonning (103).
Très belle épreuve d'artiste. Signée.

217 — Berge de la rivière à Sonning (105).
Très belle épreuve d'artiste sur Japon.

218 — Brick à l'ancre (130).
Très belle épreuve d'artiste.

219 — Les Mains qui gravent à la pointe sèche (143).
Très belle épreuve d'artiste. Signée.

220 — L'Écluse (152).
Très belle épreuve d'artiste. Signée.

221 — Les Meuniers poudreux (Dusty millers) (165).
Très belle épreuve d'artiste sur Japon. Signée.

222 — Porte du Château à Burgos (Grim spain) (168).
Très belle épreuve d'artiste sur Japon. Signée.

223 — Windsor (183).
Superbe épreuve d'artiste. Signée.

224 — Le Vaisseau l'*Agamemnon* (188).
Très belle épreuve d'artiste. Signée.

225 — Le Château de Cowdray. (Cowdray castle with cows) (194).
Très belle épreuve d'artiste. Signée.

226 — Une allée à Shere.
Très belle épreuve d'artiste sur Chine. Signée.

HÉDOUIN, LALAUZE, etc.

227 — Le Printemps. — Le Guet-Apens, etc.
Cinq pièces, épreuves d'artiste sur Chine.

HÉREAU (J.)

228 — Les Moutons de Claudine. — Mon Ane. — Maréchal-Ferrant.

Quatre pièces, très belles épreuves d'artiste.

HERKOMER (H.)

229 — Grace before meal.

Très belle épreuve. Signée.

230 — Portrait de Lossow.

Très belle épreuve de remarque sur Japon.

HERVIER

231 — Marines. — Paysages. — Suite complète de douze lithographies.

Très belles épreuves d'artiste sur Chine.

HESELTINE, PARRISH

232 — Ramsgate. — Portsmouth.

Deux pièces, très belles épreuves d'artiste sur Japon.

HUET (P.)

233 — Le Héron.— L'Inondation. — L'Entrée du bois.

Trois pièces, très belles épreuves d'artiste.

HUNT

234 — Berger. — Rentrée du troupeau. — Coucher de soleil.

Quatre pièces, très belles épreuves de remarque sur Japon. Signées.

ISABEY

235 — Souvenir de Bretagne. — Intérieur d'un Port, etc.

Cinq pièces, très belles épreuves.

236 — Vue de Caen.

Très belle épreuve.

JACQUE (Ch.)

EAUX-FORTES

237 — Lisière de bois (Cat. Guiffrey 4). — Femme tenant un seau (5). — Un Homme dans une cave (6) — Petit Moulin à Montmartre (7). — Dessous de porte (8). — Charrette près d'une maison (9). — Enfants en prière (11). — Buveur (12). — Escalier devant une Maison (13). — Maison de Paysan à Cricey (14), 1er état. — Masures (15); 1er état. — Paysage (16). — Tête de Vieillard (18), 2 p. 1er et 2e états. — Fumeur (19). — Paysage d'hiver avec Maisons (23), 1er état. — Le Tueur de cochons (26). — La Cruche cassée (27). — Paysage (28). — Mendiant (29). — Paysage (30). — Mendiant (31). — Recureuse (33), 2 p. 1er et 2e états.

Vingt-quatre pièces, très belles épreuves de premier tirage, quelques-unes en épreuves d'état.

238 — Petit Mendiant (22). — Paysage (28). — Mendiant (29). — Paysage (30). — Mendiant (31), plus une pièce non cataloguée.

Sept sujets sur le même cuivre en épreuves de premier état.

239 — Les Chanteurs (25).

Très belle épreuve d'artiste du 1er état.

240 — Saules dans un pâturage (34 bis). — Environs d'Asnières (35). — Paysage (37), 2 p. 1er et 2e états, — Paysage (38), 1er état. — Ile d'Aligre (39). —

Chien couché (43). — Champ de blé (44). — Anon (45). — Chemin de ronde (46). — Paysage (47). — Les Tueurs de cochons (48). — Paysage d'hiver (50). — Un Coin de Ferme (51). — Paysanne (57). — Escalier (60). — Troupeau de cochons (62). — Devant de Maisons (63). — Joueur de guitare (64). — Saules (65). — Paysage d'hiver (66). — Enfants traînant un Chariot (68). — Chaumières (69). — Puits (71). — Paysage, Puits (73). — Une Cour (75).

Vingt-six pièces, très belles épreuves de premier tirage et quelques épreuves d'état.

JACQUE (Ch.)

241 — Intérieur de Ferme (74).

Deux épreuves, 1er état avec la vache et la poule; 2e état.

242 — Suite de vingt pièces avec le titre comme couverture, comprenant : Titre (77). — Chaumières (78). — Laboureurs (79). — Maison de Paysan (80). — Cour (81). — Paysage et Animaux (82). — Le Cavalier (83). — Chaumière (84). — Troupeau de Porcs sortant d'un Bois (87). — Porte d'Auberge (88). — Le Repos (89). — Intérieur de Cour (90). — Porcs couchés (91). — Troupeau de Porcs (92). — Forgeron (93). — Paysage, soir (94). — Joueurs de cartes (95). — Le Remouleur (96). — Vaches à l'Abreuvoir (97).

Très belles épreuves de premier tirage. Suite complète. Rare.

243 — Le Cavalier (83), 1er état avant les travaux dans le ciel. — Vaches à l'Abreuvoir (97), 2e état. Très rare. (Note et signature de Ch. Jacque.)

Deux pièces, très belles épreuves.

244 — Paysage (99). — Troupeau de Porcs fuyant (100). — Hiver (101). — Porcs couchés (102). — Chariot

attelé (103). — Masures (105). — Le Buisson (106). — Cabanes de Pêcheurs (108). — Scènes de Buveurs, d'après Ostade (109). — Charrue attelée (111). — Saules (113). — Toits à Porcs (114). — Paysage (115). Un Anier (116). — Paysage (117). — Mendiant (119). — Buveurs (120). — Lisière de Bois (124). — Moulin (126). — Une Biche, d'après Barye (131). — Lisière de Bois (135). — Eplucheuse de Légumes (136). — Une Biche, d'après Barye (138). — Portrait de l'Auteur (139).

Vingt-quatre pièces, très belles épreuves de premier tirage et d'états.

JACQUE (Ch.)

245 — Moulin à Montmartre (148).

Deux épreuves des 1er et 2e états.

246 — Suite de six sujets avec la couverture de publication et comprenant : Couverture (141). — Un Coin de la forêt de Fontainebleau (142). — Buveurs (143). — Paysage, Animaux (144). — Femme gardant des Cochons (145). — Troupeau de Vaches (146). — Une Femme et deux Vaches (147).

Très belles épreuves de premier tirage.

247 — Paysage d'hiver, lisière de Forêt (149). — Une Femme donnant à manger à des Porcs (150). — Hiver (151). — Porcher (153). — Laveuse (154). — Portrait de ma petite Fille (155). — Une Porte d'Auberge (156). — Troupeau de Vaches (159). — La Souricière (162). — Vache paissant (176).

Dix pièces, très belles épreuves de premier tirage.

248 — Paysage d'après Van der Neer (166).

Très belle épreuve d'artiste sur Chine.

JACQUE (Ch.)

249 — L'Orage (212 bis).

Très belle épreuve du 1er état. Signée.

250 — La même Estampe.

Très belle épreuve avant la lettre.

251 — Tête de Breton (281). — Buste d'Homme (287). — Chien couché (288). — Paysage (298). — Marchand de Melons (299), 2 p. 1er et 2e états. — Paysage (309). — Paysage (310). — Porte de Ferme (311). — Cerf, d'après Barye (323).

Dix pièces, très belles épreuves de premier tirage et d'état.

252 — Sujets libres (Nos 206 et 207).

Deux pièces, très belles épreuves sur papier ancien.

253 — La Pêche au Gardon (203) et diverses pièces attribuées.

Six pièces, belles épreuves.

254 — **Pointes sèches**. La petite Forge (213).

Deux épreuves, 1er et 2e états.

255 — Moine en prière (216). — Buveurs (218). — Vieillard en prière (219). — Les faux Monnayeurs (220), tiré à 20.

Quatre pièces, épreuves d'artiste.

256 — Chaumières (237). Paysage (239), tiré à 15. — La Nourrice (243), tiré à 25. — Le Cavalier (248), tiré à 20. — L'Orage (249), tiré à 6. — La Forge (252), tiré à 15.

Six pièces, épreuves d'artiste.

257 — Village au bord de l'eau (255).

Deux épreuves, 1er et 2e états.

JACQUE (Ch.)

258 — La Forge (256), tiré à 20. — Auberge (257), tiré à 10. — L'Auberge (258), tiré à 20. — L'Abreuvoir (259), tiré à 25. — Moulin (260), tiré à 15. — Chevaux (261), 2 ép. 1er et 2e états, tiré à 25. — Paysage (262), tiré à 3.

Huit pièces, épreuves d'artiste.

259 — Forge (263). — Fuite en Egypte (264), 1er état, tiré à 12. — Ecurie (265), tiré à 20. — Le Moulin (266), tiré à 20. — Paysage (267), 2 ép. 1er et 2e états, tiré à 25. — Vaches à l'Abreuvoir (268), tiré à 25. — Hôtellerie (269).

Huit pièces, épreuves d'artiste.

260 — Une Femme et ses enfants (223). — Chiffonnier (224). — La Marchande de friture (228). — Moine en prière (230). — Paysage (240). — Joueur de vielle (326). — Plus un Paysage non décrit.

Sept sujets sur le même cuivre, état non décrit.

261 — **Lithographies.** Crépuscule poétique (472). — Chasse au Cerf (473). — Vaches à l'Abreuvoir (476). — Vaches conduites à l'Abreuvoir (477). — Huit Etudes de Poules sur la même feuille (478).

Cinq pièces, très belles épreuves d'artiste.

262 — **Caricatures.** Les Malades et les Médecins. — Vanités des vanités.

Dix-huit pièces, belles épreuves.

263 — **Report sur verre.** Maréchal-Ferrant.

Très belle épreuve. Rare.

264 — M. Lucquet (Cat. Beraldi (437).

Très belle épreuve d'artiste sur Chine.

JACQUE (Ch.)

265 — Essais et Croquis. — Paysages. — Vues. — Troupeau de Vaches.

Cinq pièces et deux couvertures, belles épreuves d'artiste.

266 — Les douze Mois, gravés sur bois, par A. Lavieille.

Très belles épreuves dans la couverture de publication.

JACQUE (Ch. et Léon)

267 — La Bergerie. — L'Hiver. — Chanteurs, etc.

Douze pièces, très belles épreuves, dont sept avant la lettre.

JACQUEMART (J.)

268 — Son Portrait, fac-simile d'aquarelle, d'après lui-même.

Très belle épreuve.

269 — Décor artistique japonais (Cat. Gonse 4). — La Vigilance (25).

Deux pièces, très belles épreuves d'artiste.

270 — Bijoux Campana (10). — Objets curieux de la Chine et de la Perse (14).

Deux pièces, très belles épreuves d'artiste.

271 — Buste de Henri III (15). — Minerve de Besançon (16).

Deux pièces, très belles épreuves d'artiste.

272 — Armure de Gladiateur (18). — Armes du xvie siècle (22).

Deux pièces, très belles épreuves d'artiste.

273 — Bijoux polonais (19-20).

Deux pièces, très belles épreuves d'artiste.

JACQUEMART (J.)

274 — Miroir français du XVIe siècle (21).

Très belle épreuve d'artiste.

275 — Trépied de Gouthières (23).

Très belle épreuve d'artiste.

276 — La Canne de M. de Balzac (27).

Très belle épreuve d'artiste.

277 — **Gemmes et Joyaux de la couronne** publiés et expliqués par H. Barbet de Jouy, dessinés et gravés à l'eau-forte d'après les originaux par J. Jacquemart. — Chalcographie du Louvre, 1868, deux vol. in-folio (125 à 184).

278 — Armes et Armures de la Collection Nieuwerkerque (185, 187, 188, 192, 193, 196).

Six pièces dont quatre avant la signature, très belles épreuves d'artiste.

279 — Portrait de Rembrandt (270).

Très belle épreuve d'artiste.

280 — The metropolitan museum of Art of New-York (271 à 281).

Suite complète de dix pièces plus le titre portant la signature de l'artiste.

N. B. — Monsieur Gonse, dans son catalogue de l'œuvre de Jacquemart, indique par erreur que cette suite comporte douze pièces, mais il n'en décrit que dix.

Monsieur Beraldi, dans son intéressant ouvrage « *les Graveurs au XIXe siècle,* » indique également douze pièces et en décrit treize.

La suite en réalité ne comporte que dix pièces et un titre, les trois dernières pièces mentionnées ont été publiées par la *Gazette des Beaux-Arts* (L. D.)

281 — Bords de la Meuse, d'après VAN GOYEN (276).

Très belle épreuve d'artiste sur parchemin.

JACQUEMART (J.)

282 — La Musique, d'après VAN DER HELST (282).

Très belle épreuve d'artiste.

283 — Elisabeth, d'après ANTONIO MORO (284).

Très belle épreuve d'artiste.

284 — La Veuve et l'Enfant, d'après REYNOLDS (285).

Très belle épreuve d'artiste sur parchemin. Signée.

285 — La Belle Fille de Goya, d'après GOYA (286). — Le premier Baiser, d'après FRAGONARD (290).

Deux pièces, très belles épreuves d'artiste.

286 — Chasse à courre (288). — Exécution au Japon (313).—Frontispice (331).—Vue prise d'une Fenêtre (341). — Vase de Vincennes.

Cinq pièces, très belles épreuves d'artiste.

287 — Défilé des Populations lorraines, d'après MEISSONIER (312).

Très belle épreuve d'artiste.

288 — Le Soldat et la Fillette qui rit (268). — Portrait de Rembrandt (270). — A. de Vries (280). — Tête de Christ (315).

Quatre pièces, très belles épreuves d'artiste.

289 — Huit Études et Compositions de fleurs (318 à 325), suite complète.

Très belles épreuves d'artiste.

290 — Avant le Bal (327).

Très belle épreuve d'artiste.

291 — Souvenirs de Voyage (329).

Très belle épreuve d'artiste.

JACQUEMART (J.)

292 — Vieille Maison à Fécamp (334).

Très belle épreuve d'artiste sur Japon.

293 — Sir Richard Wallace (376).

Très belle épreuve d'artiste.

294 — A. Dumas fils (377).

Deux pièces, très belles épreuves d'artiste dont une sur parchemin.

295 — Mme Clémentine Fillon (378).

Très belle épreuve d'artiste.

296 — Chez Berne Bellecour (350). — Une Gênoise (388).

Deux pièces, très belles épreuves d'artiste.

297 — Vase de Vincennes. — Cassolette. — Tasses et Soucoupe.

Trois pièces, très belles épreuves d'artiste.

298 — La Minerve de Besançon. — La Veuve et l'Enfant, d'après Reynolds. — L'Orage, d'après Greuze. — Scène espagnole, d'après Goya.

Quatre pièces, belles épreuves.

299 — Le Liseur, d'après Meissonier. — Rêve d'Amour, d'après Greuze. — Nature morte. — Moïse. — Vénus Marine.

Cinq pièces, belles épreuves.

300 — Plat d'Urbino. — Ivoire et Céladons. — Vase en émail cloisonné, etc.

Cinq pièces, belles épreuves.

JOYANT (Attribué à)

301 — Vues de Venise.

Deux pièces, très belles épreuves d'artiste sur Chine.

LAEMLEIN

302 — Le Cercle des Échecs à Paris.

Très belle épreuve sur Chine.

LALANNE

303 — Coucher de Soleil. — Clair de Lune, d'après Daubigny (154-155).

Deux pièces, très belles épreuves d'artiste sur Japon.

304 — Souvenir d'Italie. — Mantes la Jolie, d'après Corot (152-153).

Deux pièces, très belles épreuves d'artiste.

305 — L'Exposition universelle de 1867. Vue du Trocadéro. — Vue prise du Pont de la Concorde (47-48).

Deux pièces, très belles épreuves d'artiste.

306 — Les mêmes Estampes.

Deux pièces, belles épreuves.

LANDSEER (E.)

307 — Études d'Animaux. — Calendrier, etc.

Quatorze pièces, très belles épreuves.

LATOUCHE

308 — Illustrations pour l'Assommoir d'E. Zola.

Suite complète de quinze pièces, bons à tirer, avec la couverture de publication.

LAURENS (J.-P.)

309 — La Pouparde (B. 1). — Ses Enfants (2). — Victoire Franchart (3).

Trois pièces, très belles épreuves d'artiste dont deux sur Japon.

LEGROS

310 — Le vieil Espagnol (Cat. P. Malassis et Thibaudeau 21).

Très belle épreuve d'artiste sur Japon.

311 — Le Réfectoire (55).

Très belle épreuve du 1er état.

312 — Les Pestiférés de Rome (60).

Très belle épreuve d'artiste sur Chine.

313 — L'Enfant prodigue (66).

Très belle épreuve du 3e état sur Japon.

314 — Le Manège (75).

Deux pièces, très belles épreuves des 2e et 3e états.

315 — La Charrue (81).

Très belle épreuve d'artiste sur Chine.

316 — Les Mendiants anglais (85). — La Mort dans le Poirier (140).

Deux pièces, très belles épreuves du 3e état sur Chine.

317 — Le Mouton retrouvé (86).

Très belle épreuve du 1er état.

318 — Le Coup de Vent (110).

Très belle épreuve du 1er état.

319 — Gambetta (B 179).

Très belle épreuve d'artiste. Signée.

320 — G.-F. Watts (198)

Très belle épreuve d'artiste sur Japon.

321 — Extase pœtique (36). — Le Lutrin (62).

Deux pièces, très belles épreuves.

LEGROS

322 — M. Alphonse Legros au Salon de 1875. Note critique et biographique ornée de trois Gravures du maître (Rouquette. Paris, 1875).

Exemplaire cartonné.

LEMUD (DE)

323 — Maître Wolframb. — Hélène Adelsfreit.

Deux pièces, très belles épreuves sur Chine.

324 — Légende des frères Van Eyck. — Jeune Fille brodant une Écharpe, etc.

Cinp pièces, belles épreuves dont trois en épreuves d'artiste.

B. LEPAGE, JONGKIND, etc.

325 — Retour des Champs. — Démolitions de la rue des Francs-Bourgeois. — Le Déjeuner du Chat, etc.

Six pièces, belles épreuves.

LEPIC (Vte)

326 — Vues de Hollande. — Paysages.

Six pièces, très belles épreuves d'artiste sur Chine. Signées.

327 — Tête de Chien, d'après GÉRICAULT. — Chien, d'après VERLAT. — Chien de Pauvre. — Chien d'Aveugle.

Quatre pièces, très belles épreuves d'artiste. Signées.

328 — Chat à la Crevette, d'après VERLAT. — Un Reître. — Raie et Poissons, etc.

Quinze pièces, très épreuves d'artiste. Signées.

329 — Vues. — Paysages. — Animaux.

Dix-sept pièces, très belles épreuves d'artiste. Signées.

330 — Invitations. — Programme du Cercle de la Presse.

Quatre pièces, belles épreuves.

LE ROUX (Eugène)

331 — Lith. d'après Decamps, Delacroix, Raffet. Robert-Fleury, Marilhat.

Douze pièces, très belles épreuves.

LHERMITTE

332 — Un Vieux de la vieille (B. 18). — La Vendange (20). — Marchandes de Poissons à la Halle de Saint-Malo (21). — Le Pressoir.

Quatre pièces, très belles épreuves d'artiste.

333 — La Vierge de Kersaint (B. 19). — L'Épicerie de Village (22).

Deux pièces, très belles épreuves d'artiste.

LOS RIOS (de)

334 — La Leçon de Musique. — Le Concert, etc.

Quatre pièces, très belles épreuves d'artiste sur Japon.

LUNOIS

335 — Le Pot de Vin, d'après Lhermitte (B. 2).

Très belle épreuve de remarque sur Chine. Signé.

336 — Nocturne, d'après Cazin (4).

Très belle épreuve d'artiste sur Japon. Signée.

337 — Réunion publique à la Salle Graffard, d'après Jean Béraud (7).

Très belle épreuve d'artiste sur Japon. Signée.

338 — Le Vin, d'après Lhermitte (9).

Très belle épreuve de remarque sur Chine. Signée.

MACBETH

339 — Un Jour de Pluie.

Très belle épreuve d'artiste.

MADOU

340 — La Visite au Meunier. — Le Portrait. — L'arrivée des Grands Parents, etc.

Sept pièces, très belles épreuves.

MANET (Ed.)

341 — Le Guitarrero (Cat. Beraldi 2).

Très belle épreuve d'artiste.

342 — Lola de Valence (3). — Toréador mort (5).

Deux pièces, très belles épreuves d'artiste.

343 — Les petits Cavaliers, d'après Velasquez (B. 6).

Très belle épreuve d'artiste sur Japon. Signée.

344 — L'Après-Midi d'un Faune de Stéphane Mallarmé, avec les illustrations en couleur sur Japon.

Très bel exemplaire portant le n° 75 cartonné.

345 — Vignettes pour l'Après-Midi d'un Faune.

Tirage à part sur Japon.

346 — **Lithographies.** Mlle Berthe Morizot (B. 54, 55).

Deux pièces, très belles épreuves d'artiste.

347 — La Mort de Maximilien à Queretaro (56).

Très belle épreuve d'artiste sur Chine.

348 — Barricade (57).

Très belle épreuve d'artiste sur Chine.

349 — Guerre civile (58).

Très belle épreuve sur Chine.

350 — Les Courses (59).

Très belle épreuve d'artiste sur Chine.

351 — Le Gamin (60).

Très belle épreuve sur Chine.

MANET (Ed.)

352 — Au Paradis (61).

Très belle épreuve d'artiste.

353 — Polichinelle. Lith. originale en couleur (72).

Très belle épreuve sur Japon numérotée et signée de l'artiste. Tiré à 25 exemplaires.

354 — La même Estampe.

Très belle épreuve. Tiré à 75 exemplaires.

MANLEY

355 — Bateaux de pêche à Terre-Neuve. — Environs de Dordrecht.

Deux pièces, très belles épreuves de remarque sur Japon. Signées.

356 — Marine. — Environs de San-Francisco.

Deux pièces, très belles épreuves d'artiste sur Japon.

MARILHAT

357 — Place de l'Esbékieh au Caire (B. 1). — Souvenir de la Campagne de Rosette.

Deux pièces, très belles épreuves.

MARTIAL

358 — Une Boucherie. — Ruisseau. — Une Source en forêt. — Sous Bois,

Quatre pièces, très belles épreuves d'artiste.

MEISSONIER

359 — Le Sergent rapporteur (B. 14).

Très belle épreuve d'artiste sur Chine, avant l'adresse de Salmon.

360 — Polichinelle.

Très belle épœuve d'artiste.

MEISSONIER (D'après)

361 — Le Docteur, par Pigeot.

Deux pièces, très belles épreuves d'artiste sur Chine.

MIELATZ

362 — Crépuscule.

Très belle épreuve de remarque sur Japon.

363 — Les Meules. — Crépuscule.

Deux pièces, très belles épreuves d'artiste sur Japon.

MILLER

364 — Paysages. — Marines, etc.

Huit pièces, très belles épreuves d'artiste sur Japon.

MILLET

365 — La Fileuse auvergnate (21).

Très belle épreuve du 1er état avec les cinq traits dans le haut de la planche à droite, sur papier ancien.

366 — La même Estampe.

Très belle épreuve.

367 — La Bouillie.

Très belle épreuve sur Chine.

MILLSPAUGH

368 — Bords de Rivière.

Très belle épreuve de remarque sur Japon.

MILLSPAUGH-SWORD

369 — Lac. — Environs de Boston.

Deux pièces, très belles épreuves d'artiste sur Japon. Signées.

MINOR

370 — Paysage près Dordrecht.

Très belle épreuve sur Japon. Signée.

MONNIER (H.)

371 — Danse fantastique. — Croquis. — Mari soupçonneux, etc.

Huit pièces, belles épreuves.

MOUILLERON

372 — Derniers moments de Léonard de Vinci, d'après GIGOUX.

Très belle épreuve d'artiste signée du peintre.

373 — Enfant à l'Aigle. — Enfants aux Chiens. — Chiens dans une forêt. — Vache à l'Abreuvoir, etc.

Neuf pièces, très belles épreuves d'artiste.

374 — Le Titien. — A. Paré. — L'Avare. — Mort de Chr. Colomb, etc.

Dix-huit pièces, très belles épreuves.

375 — Le Tasse dans la prison des Fous. — Noces juives — La Soif. — Le Prisonnier de Chillon, etc.

Douze pièces, très belles épreuves.

C. NANTEUIL, ROQUEPLAN

376 — Galathée. — Jeune homme au perroquet, etc.

Vingt-six pièces, belles épreuves.

NIEL, BALLIN, SAFFREY

377 — Eglise Saint-Julien-le-Pauvre. — Chapelle de Marie-d'Écosse à Westminster. — Une Pagode bouddhiste, etc.

Six pièces, très belles épreuves sur Chine.

NITTIS (De)

378 — Odalisque. — Jeune Femme tenant un éventail, etc.

Trois pièces, très belles épreuves d'artiste.

O'CONNEL

379 — Seigneur Louis XIII. — Tête de jeune Fille.

Trois pièces, très belles épreuves d'artiste.

OTTO BACHER

380 — Marché à Florence.

Très belle épreuve d'artiste sur Japon. Signée.

381 — Un Quai à Venise.

Très belle épreuve d'artiste sur Japon. Signée.

382 — Intérieur Vénitien.

Très belle épreuve d'artiste sur Japon. Signée.

383 — Le Rialto.

Très belle épreuve d'artiste sur Japon. Signée.

384 — Canal à Venise.

Très belle épreuve d'artiste sur Japon. Signée.

385 — Un Pont à Florence.

Très belle épreuve d'artiste sur Japon. Signée.

PROGRAMMES, MENUS, INVITATIONS

386 — Dix-neuf Pièces, très belles épreuves.

PRUD'HON

387 — L'Enfant au Chien, lith. originale.

Deux pièces, très belles épreuves d'artiste.

PRUD'HON

388 — Une Lecture, lith. originale.

Deux pièces, très belles épreuves sur Chine.

389 — Une Famille malheureuse, lith. originale. — Enlèvement d'Europe, essai de gravure.

Deux pièces, très belles épreuves.

390 — L'Art d'aimer. — Phrosine et Mélidore.

Quatre pièces, très belles épreuves avec la tablette et avant les légendes.

PRUD'HON (D'après)

391 — La Chèvre allaitant Daphnis. — Le Bain (Daphnis et Chloé), par Roger.

Deux pièces, très belles épreuves d'artiste.

392 — L'Amour vainqueur, par Copia.

Très belle épreuve d'artiste avec les noms à la pointe.

393 — La Loi, par Copia, — La Justice, par Roger.

Deux pièces, très belles épreuves.

394 — Une Famille malheureuse, par Aubry-Lecomte.

Deux pièces, très belles épreuves sur Chine.

395 — Les petits Dévideurs, par Aubry-Lecomte. — Adresses de la veuve Merlen, par Bellenger.

Trois pièces, très belles épreuves.

396 — La Soif de l'or. — Une Pensée. — Une Famille malheureuse.

Trois pièces, très belles épreuves.

397 — La Soif de l'or. — Le Triomphe de Vénus. — Les Vendanges, par Aubry-Lecomte.

Trois pièces, très belles épreuves sur Chine.

398 — L'Assomption de la Vierge, par C. L. Lessore.

Deux pièces, belles épreuves.

RAFFET

399 — La Revue nocturne.

Très belle épreuve sur Chine.

400 — **Expédition et Siège de Rome.** — Album complet composé d'épreuves d'essai; quelques épreuves avant la lettre et avec les premiers titres. Superbe exemplaire de GIHAUT, avec annotations de sa main.

Ensemble, trente-sept pièces sur Chine.

RAFFET, CHARLET, etc. (D'après).

401 — Serment du Jeu de Paume. — Napoléon. — Quentin Durward. — 1824.

Cinq pièces très belles épreuves.

RAJON

402 — La Lecture de la Bible, d'après BRION (Cat. Beraldi 17).

Très belle épreuve d'artiste sur Chine.

403 — Mariage protestant en Alsace, d'après BRION (18).

Très belle épreuve d'artiste sur Chine.

404 — Salomé, d'après RÉGNAULT (24).

Très belle épreuve d'artiste sur Chine.

405 — La même Estampe.

Très belle épreuve d'état. Signée.

406 — Cortigiana, d'après BLANCHARD (26).

Très belle épreuve d'artiste sur Japon.

407 — L'Arquebusier, d'après FABRI (27).

Superbe épreuve d'artiste sur Japon. Signée.

RAJON

408 — Le Printemps, d'après MARCHAL (29).

Très belle épreuve d'artiste.

409 — Marchande de fleurs sur les marches du Capitole, d'après Alma TADEMA (73).

Très belle épreuve d'artiste sur Japon. Signée du peintre et du graveur.

410 — Le Fumeur, d'après S. LUCAS (80).

Très belle épreuve d'état avec dédicace.

411 — Portrait de Dame âgée, d'après REMBRANDT (88).

Très belle épreuve d'artiste.

412 — La Leçon de Musique, d'après METZU (89).

Très belle épreuve d'artiste sur Chine. Signée.

413 — La Femme au chapeau de paille, d'après RUBENS (91).

Très belle épreuve d'artiste sur Japon. Signée.

414 — Mrs Baldwin, d'après REYNOLDS.

Très belle épreuve d'artiste sur Japon avec le nom à la pointe.

415 — Mrs Siddons, d'après GAINSBOROUGH (101).

Très belle épreuve d'artiste avec la signature à la pointe.

416 — Sainte Cécile, d'après RUBENS (111).

Très belle épreuve d'artiste sur Japon.

417 — Le Repas de Famille, d'après J. Stein (113).

Très belle épreuve d'artiste sur Chine.

418 — Mlle Delaporte (120).

Très belle épreuve d'artiste.

419 — **Darwin,** d'après OULESS (147).

Très belle épreuve avec les noms des artistes à la pointe et la signature de Darwin en fac-simile.

RAJON

420 — Tennyson (149).

Très belle épreuve d'état sur Japon.

421 — Jeune Fille, d'après Greuze.

Très belle épreuve d'artiste sur Japon. Signée.

422 — Juan d'Autriche.

Très belle épreuve d'artiste avec la signature à la pointe.

REVUE MENSUELLE, LA CARICATURE

423 — Visite Domiciliaire. — Grande Revue. — Grande Vendange du Budget. — Grand Assaut d'armes, etc.

Dix-huit pièces, belles épreuves.

RIDOT

424 — Le Contrebandier. — La Recette.

Deux pièces, très belles épreuves d'artiste.

425 — Les Cuisiniers, suite complète de six pièces.

Très belles épreuves d'artiste.

426 — La Prière.

Deux pièces, très belles épreuves dont une d'artiste.

427 — E. Cardon. — Nature Morte. — La Prière des Petites Filles. — Paysanne de l'Ukraine.

Six pièces, belles épreuves.

ROBERT (D'après Léopold)

428 — Le Repos du Pâtre. — Une Suissesse. — Jeune Mère. — La Prédiction, etc.

Treize pièces, très belles épreuves.

ROC-BIHAN (Aufray de)

429 — L'Abreuvoir. — Retour de l'Étude.

Deux pièces, très belles épreuves d'artiste sur Japon.

ROSA BONHEUR, BRASCASSAT

430 — Le Taureau. — Bergerie, etc.

Six pièces, très belles épreuves.

ROUSSEAU (Th.)

431 — Vue de Berry (B. 1).

Très belle épreuvé d'artiste sur papier ancien.

432 — Vue du Plateau de Bellecroix (2).

Très belle épreuve d'artiste sur Japon.

433 — Chêne de Roche.

Très belle épreuve d'artiste.

ROYBET

434 — Joueurs d'Échecs. — Saltimbanques. — Partie de Dés. — Un Fou sous Henri III. — Le Sac de Dinan. — Titre.

Six pièces, très belles épreuves d'artiste.

SCHEFFER (Ary)

435 — L'Antiquaire. — Le Vieux Pâtre. — Le Départ. — Le Retour, etc.

Neuf pièces, très belles épreuves.

436 — Galathée. — Jeune Homme au Perroquet. — Joueur de Vielle.

Treize pièces, belles épreuves.

SONNETS ET EAUX-FORTES

437 — Pièces détachées, par C. Nanteuil, Gaucherel, Regamey, etc.

Dix-sept pièces, très belles épreuves.

TOUDOUZE

438 — Plage du Havre. — Pêcheuses matinales, etc.

Quatre pièces, très belles épreuves d'artiste.

VALÉRIO

439 — Costumes, Scènes de la vie au Monténégro.

Cinquante pièces, très belles épreuves d'artiste sur Chine.

VEYRASSAT

440 — Le Bac. — La Charrette. — Chevaux de halage, etc.

Cinq pièces, très belles épreuves d'artiste.

VIGNETTES

441 — The Litterary Souvenir.

Dix pièces, très belles épreuves d'artiste sur Chine.

WHISTLER (James)

442 — Fumette.

Très belle épreuve d'artiste.

443 — Little Annie.

Très belle épreuve du 1er état sur Japon. Rare.

444 — The Pool.

Très belle épreuve d'artiste sur papier ancien.

445 — Eagle Wharf.

Très belle épreuve d'artiste sur papier ancien.

WHISTLER (James)

446 — A Séries of Sixteen Etchings of **Scènes on the Thames** and other subjects.

1. Black Lion Wharf.
2. Wapping Wharf.
3. The Forge.
4. Old Westminster bridge.
5. Wapping.
6. Old Hungerford.
7. The Pool.
8. The Fiddler.
9. The Lime-Burners.
10. The Little Pool.
11. Eagle Wharf.
12. Linehouse.
13. Thames Warehouses.
14, Milbank.
15. Early Morning (Battersca).
16. Chelsea bridge and Churchf

Série de seize Eaux-Fortes en épreuves d'artiste dans le portefeuille. — Superbe exemplaire.

447 — Wapping Wharf.

Très belle épreuve d'artiste sur papier ancien.

448 — Sur la Tamise.

Très belle épreuve d'artiste sur Japon.

449 — Battersea bridge.

Très belle épreuve d'artiste sur papier ancien.

450 — Billingsgate.

Très belle épreuve d'artiste.

451 — Limehouse.

Très belle épreuve d'artiste.

WHISTLER (James)

452 — Old Battersea bridge.
Très belle épreuve sur papier ancien.

453 — Chelsea bridge.
Très belle épreuve d'artiste.

454 — Putney bridge.
Très belle épreuve d'artiste sur papier ancien.

455 — La même Estampe.
Très belle épreuve d'artiste sur Japon.

WHISTLER (James)

LITHOGRAPHIES

456 — Victoria club.
Très belle épreuve d'artiste sur Chine.

457 — Stage door.
Très belle épreuve d'artiste sur Chine.

458 — La Lecture.
Très belle épreuve d'artiste sur Chine.

459 — Old Battersea bridge.
Très belle épreuve d'artiste sur Chine.

WORMS

460 — Chaque âge a ses plaisirs. — La Recette.
Deux pièces, très belles épreuves d'artiste.

461 — Sous ce numéro, il sera vendu quelques pièces non cataloguées.

600—20541

IMPRIMERIE A. MAULDE ET Cie

144, RUE DE RIVOLI. — PARIS

www.ingramcontent.com/pod-product-compliance
Ingram Content Group UK Ltd.
Pitfield, Milton Keynes, MK11 3LW, UK
UKHW021652260726
13994UKWH00003B/1426

9 782329 450476